JEAN BERTHEROY

Marie Madeleine

POÈME

Avec une préface de FRANÇOIS COPPÉE
De l'Académie française

ET UNE EAU-FORTE DE ARY RENAN

Prix : 2 francs

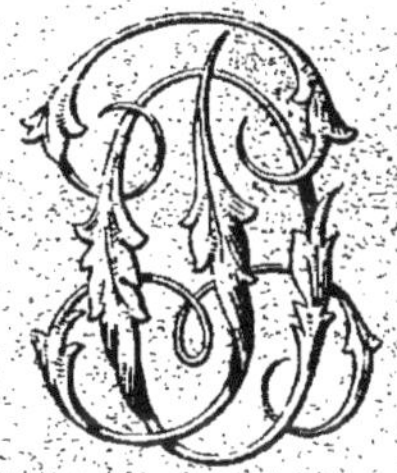

PARIS

PAUL OLLENDORFF, ÉDITEUR

28 *bis*, RUE DE RICHELIEU, 28 *bis*

1889

Marie Madeleine

POÈME

JEAN BERTHEROY

Marie Madeleine

POÈME

Avec une préface de FRANÇOIS COPPÉE

De l'Académie française

Et une eau-forte de ARY RENAN

PARIS

PAUL OLLENDORFF, ÉDITEUR

28 *bis*, RUE DE RICHELIEU, 28 *bis*

1889

Tous droits réservés.

A

MONSEIGNEUR FRANCIS DE SUSSEX

Hommage de reconnaissante affection.

JEAN BERTHEROY.

Novembre 1888.

PRÉFACE

Le poète Jean Bertheroy, me fit naguère l'honneur de me demander mon humble avis sur son premier recueil de vers, intitulé : *Vibrations*. Il y avait là de l'excellent, de l'exquis même, et aussi du moins bon. Même aux poètes, même aux jolies femmes, je dis toujours la vérité. C'est si agréable de penser tout haut, comme un brave homme. Jean Bertheroy m'a récompensé de ma franchise, en me remerciant de mes conseils et en me montrant, très peu de temps après, quelques poèmes, non pas seulement égaux aux meilleurs de ses premiers vers, mais tout à fait supérieurs.

Ce sont des poèmes empruntés à l'histoire

ancienne et notamment aux Saintes Écritures,
poèmes d'une ampleur de conception, d'une
fermeté de facture absolument viriles. Quand
ils seront achevés et mis, dans leur ensemble,
sous les yeux du public et de la critique, l'effet
en sera considérable, je n'en doute pas. Retrou-
verai-je là — je l'espère — une sorte de drame
lyrique dont l'auteur m'a conté le sujet, une
« Sémiramis » prise d'un véritable amour pour
son amant d'une nuit, pour l'un des Bactriens
de sa garde que, d'après la légende, elle faisait
égorger chaque matin, au sortir de son lit? En
tous cas, je suis assuré de relire, dans le pro-
chain livre de Jean Bertheroy, une « Judith »,
qui est une pièce admirable. La terrible veuve
de Béthulie a le cruel caprice de regarder une
dernière fois la tête coupée du satrape. Tout à
coup, les lèvres s'agitent, Holopherne parle. Il
pardonne sa mort à Judith, en souvenir de la
nuit de volupté, et la supplie de lui donner un
suprême baiser. Et la Juive obéit. Elle pose ses
lèvres rouges sur les lèvres pâles, et il est peut-
être sincère, ce baiser-là, et plein de regret et
d'amour. C'est là une invention de vrai poète,

n'est-ce pas? Et les vers sont de toute beauté.

La *Marie Madeleine* que Jean Bertheroy publie aujourd'hui isolément, offrira dans le futur volume, auprès de la *Judith,* un saisissant contraste. A côté du sombre et énergique tableau rayonnera cette pure fresque évangélique. Un charme pénétrant s'en dégage. Ici est évoquée, une fois de plus, et délicieusement, la si touchante figure de Marie de Magdala. Non, je ne veux pas croire qu'elle fût jamais une malheureuse névrosée, « possédée par sept démons », comme dit le texte ancien. Elle aima infiniment, voilà tout, et elle fut régénérée, la pauvre créature, par son propre amour, et sanctifiée par le divin regard que Jésus laissa tomber sur elle. Tant qu'il y aura des âmes tendres, un culte y sera fidèlement gardé pour celle qui répandit le parfum et brisa le vase, pour celle qui pleura jusqu'au sang sur le Golgotha, et qui sut, la première, que Jésus était ressuscité, — pour la servante du Christ, pour sa préférée, à qui tout son passé de honte et d'impureté fut remis, parce qu'elle aima de tout son cœur, *quoniam dilexit.* Tant qu'il y aura des poètes, ils chanteront la sublime Madeleine, mais aucun d'eux ne pourra jamais la comprendre et l'exalter aussi bien qu'une femme. Et je n'en veux pour preuve que les beaux et nobles vers que voici.

FRANÇOIS COPPÉE.

MARIE MADELEINE

POÈME*

PROLOGUE

Je chanterai l'amour au cœur de Madeleine ;
Je dirai le secret des vieux sanglots humains,
Et le souffle brûlant qu'exhala son haleine,
Et l'intime parfum dont son âme était pleine
Quand l'albâtre sacré se brisa dans ses mains.

J'irai la retrouver au bourg de Béthanie,
Je ressusciterai l'écho de Magdala[1],
Et dans Génésareth, au bord de l'onde unie,
Je chercherai la place et la roche bénie
Où son divin amant tout d'abord lui parla.

* *Voir les Notes à la fin du poème.*

I

Oui, je suivrai tes pas, sublime pécheresse,

Je t'accompagnerai du Calvaire au Tombeau,

Je saurai vaincre enfin le mal qui nous oppresse;

Et pour régénérer ton antique tendresse

Je ferai de mon luth jaillir un cri nouveau!

I

> *Dans le sang est renfermé le mystère*
> *de la loi et de l'amour.*
>
> Rosmini.

Elle avait profané son sang, sa chair, son âme.

Une mystérieuse et magnétique flamme

Émanait de son corps, vase de volupté,

Et d'un reflet ardent éclairait sa beauté.

Mais quand elle aperçut dans la barque de Pierre

Jésus debout, domptant les flots par sa prière,

Grave et pur, revêtu d'une étrange splendeur,

Elle sentit soudain s'apaiser dans son cœur

Le reflux tourmentant des vagues d'amertume

Et dans ce cœur souillé, comme au lac plein d'écume,

Un grand calme se fit sous l'œil du Fils de Dieu.

A partir de ce jour, le suivant en tout lieu

Mais de loin, et n'osant se laisser reconnaître,

Madeleine épiait les pas du jeune Maître,

Attendant, recueillie en un profond amour,

Que l'instant fût venu d'être aimée à son tour.

Délices d'un bonheur encor à son aurore !

Sentiment plus qu'humain que l'innocence ignore !

Admirable pouvoir du grand Consolateur !

Baptême tout nouveau, flot régénérateur

Que déverse en torrents l'Adoration pure !

Si bas qu'ait dans le mal roulé la créature

Si son regard s'élève et cherche un coin du ciel,

Si son âme sourit à l'archange Ariel,

Si le choc imprévu de la vertu divine

Fait tressaillir son front et battre sa poitrine,

Si, devant le mystère entrevu par instants,

Elle laisse fléchir ses genoux pénitents,

Dans le chœur immortel de la Beauté plénière

Dieu la relèvera, le front ceint de lumière !

Vole à ton bien-aimé, Marie, et ne crains rien ;

Regarde : il est assis chez le Pharisien

Et tout autour de lui la cabale s'empresse.

C'est l'heure de l'aveu, l'heure de la tendresse,

Tu ne peux plus tarder, il est temps de courir,

Car seule à ses genoux tu craindrais de mourir !

Emporte dans tes mains la fragile aiguière

De marbre transparent où tu puisais naguère,

Avec le nard exquis, les perfides secrets

Qui redoublaient l'ardeur de tes troublants attraits.

Le moment est passé de songer à toi-même :

C'est à lui désormais, à lui que ton cœur aime,

Que tu devras offrir les précieux parfums.

Déroule la splendeur de tes longs cheveux bruns[2]

Et de leurs flots soyeux, pâle Magdaléenne,

Enveloppe ces pieds que chauffe ton haleine ;

Laisse, laisse couler les larmes de tes yeux ;

Que tes pleurs suppliants, que tes pleurs amoureux

Se mêlant au tribut de l'ambre et de la myrrhe,

Consomment l'onction que ta ferveur t'inspire.

I.

Va, ton désir est pur et tu peux tout oser :

Imprime longuement ton superbe baiser

Sur cette chaste chair que l'amour fera tienne.

Qu'importe maintenant d'où le mépris te vienne?

Ne te semble-t-il pas qu'un triomphal soleil

T'arrache, à cet instant, des limbes du sommeil

Et que sous sa clarté féconde et nuptiale

Germera de nouveau la fleur primordiale?

Et Jésus pourra dire aux disciples soumis :

« Elle a beaucoup aimé, ses péchés sont remis.

« Autant elle a de honte, autant je lui pardonne.

« Malheur plutôt à ceux qui n'ont aimé personne !

« Hypocrites docteurs dans la haine enrichis,

« Vos dehors sont pareils aux sépulcres blanchis,

« Et vous êtes remplis des ossements funèbres

» Qu'amoncellent en vous les œuvres de ténèbres! »

Oui, tel est le motif de la Rédemption :

Le mal porte avec lui son expiation,

Elle a beaucoup aimé, voilà sa seule excuse.

Tandis que l'homme injuste et cynique l'accuse

Jésus en s'inclinant lui dit : « Relevez-vous,

« Vos torts sont effacés, vos crimes sont absous. »

Lui, qui sondait les cœurs, sans doute vit en elle

Le mystère attirant de la lutte éternelle,

Et devant cette femme abîmée à ses piés

Il eut la vision des rêves expiés.

Il comprit la douleur de ce tremblant atóme

Poursuivant au hasard l'invisible fantôme

Et cherchant à saisir dans la chair et le sang

L'étincelle de vie arrachée au néant.

Indicibles tourments des ámes assoiffées

Qui se parent de deuils ainsi que de trophées,

Parcelles d'infini, non, ce n'est pas en vain

Que vous voulez en vous absorber le Divin ;

Car dans chaque baiser et dans chaque caresse,

Dans chaque volupté dont l'ácreté vous blesse,

Dans l'ardeur des transports librement échangés,

Dans l'engourdissement où vos corps sont plongés,

Vous identifiez au secret de votre être

Une part du Grand Tout impossible à connaître.

Et quand le Christ, ému d'un si tendre abandon,

Fit tomber lentement son sublime pardon

Sur le front de l'enfant qui pleurait à voix basse,

Ensemble il réunit dans une même gráce

Tous ceux qu'elle s'était incarnés sans retour

Par l'invincible loi du sang et de l'amour!

II

Cet amour qui unit les choses est esprit.

Rosmini.

Impeccables amants dans la sphère sereine

Ils s'avancent tous deux, Jésus et Madeleine ;

L'un et l'autre affranchis du joug matériel

Qui retient loin de Dieu le peuple d'Israël.

Sous l'éblouissement du ciel de Galilée

La femme a revêtu sa robe immaculée ;

Plus blanche qu'une vierge et plus pudique encor

Elle brille au sommet d'un mystique Thabor.

C'est là, de ces hauteurs où tout se transfigure,

Que brisant les liens de l'humaine nature,

S'exemptant des terreurs d'un culte circonscrit,

Ils iront adorer dans la paix de l'esprit.

C'est là que les croyants voudront dresser leur tente;

Que l'âme indéfectible et l'âme pénitente

Entendront s'affirmer en sons mystérieux

La voix du Père Saint dont le règne est en eux;

C'est là l'autel sacré, la vivante demeure,

Où Marie a trouvé cette part, — la meilleure, —

Qu'esclaves condamnés aux soucis d'ici-bas

Nous envions de loin mais que nous n'avons pas.

Oui, nous nous consumons en des efforts stériles,

Nous usons notre vie aux choses inutiles;

Et si parfois nos yeux dans la clarté du jour

Rencontrent le tableau d'un lumineux amour,

Nous comprenons trop tard que pour nous satisfaire

Il n'existait qu'un bien réel et nécessaire,

Et nous nous repentons d'avoir à ses côtés

Passé, rêveurs errants, sans nous être arrêtés.

Près du puits de Jacob, au champ de Samarie,

Nous trouvons le lieu vide et la source tarie,

Mais non tarie, hélas ! la soif de notre cœur !

Et nous nous désolons, et nous crions : « Seigneur,

« Donnez-nous de cette eau, de l'eau des sources vives

« Qui doit désaltérer nos ardeurs maladives,

« Cette eau dont la vertu peut seule nous sauver.

« Donnez-nous de cette eau, car pour nous abreuver,

« Pour tromper les désirs de nos brûlantes fièvres,

« Nous avons jusqu'ici laissé plonger nos lèvres

« Dans tous les flots impurs pleins d'un amer poison ;

« Et des bords de Mérom au torrent du Cédron,

« Des ondes du Jourdain à la mer Asphaltite,

« Nous avons promené nôtre douleur maudite.

« Donnez-nous de cette eau, donnez-nous ce baiser

« Pour nous guérir, Seigneur, ou pour nous apaiser ! »

C'est ce baiser divin qu'a reçu Madeleine.

Sur la haute montagne ou dans la vaste plaine

Quand Jésus enseignait, par la foule acclamé,

Elle, à demi couchée aux pieds du bien-aimé,

Partageant la ferveur de l'amour qui l'embrase,

Communiait à lui dans une ardente extase.

Pour connaître le Verbe en cet hymen parfait

Son âme s'isolait au terme de l'abstrait ;

Et ses sens, allégés du poids des choses viles,

Dédaignant le secours des caresses nubiles,

Dans cette plénitude où l'être est englouti

Se repaissaient enfin du bonheur pressenti.

Amour tout à la fois d'idée et de substance,

Ceux qui n'ont pas compris votre toute-puissance,

Ceux qui ne vibrent pas à ces subtils contacts

Qui fécondant l'esprit laissent les corps intacts,

Ceux qui n'ont pas su voir qu'en ces noces des âmes

S'allume le flambeau des immortelles flammes,

Ceux qui veulent douter du sympathique éclair,

Ceux-là n'ont même pas aux fêtes de la chair

Mérité d'être admis, car leur bassesse ignore

Jusqu'aux derniers frissons dans lesquels l'homme adore !

Mais voici qu'en Judée il se fait un grand deuil :

Lazare est endormi; Lazare en son cercueil

Attend pour s'éveiller la parole du Maître.

Pourquoi donc, ô Jésus, tardez-vous à paraître?

Avez-vous oublié les rapides sentiers

S'enlaçant aux contours du mont des Oliviers,

Où bien souvent, le soir, vôtre tâche finie,

Vous montiez pour trouver la paix de Béthanie?

Avez-vous oublié la tranquille maison

Qui se dresse là-bas au limpide horizon?

Combien de fois, fuyant l'ingrate capitale,

Fatigué des labeurs d'une lutte fatale,

Vous êtes-vous assis à l'ombre de l'enclos

Où l'amitié pour vous isolait son repos?

C'est dans ces mêmes lieux, témoins d'un sombre drame,

Qu'une douleur suprême aujourd'hui vous réclame.

Pourriez-vous rester sourd à l'appel des deux sœurs?

Voyez près du tombeau Marthe et Marie en pleurs!

Accourez, accourez, ô divin thaumaturge!

Contre votre pouvoir si la raison s'insurge,

Si le doute inquiet ronge le peuple juif,

Du moins en ces deux cœurs un sentiment naïf,
Un sentiment profond de fertile croyance,
Les fait d'un saint désir hâter votre présence.

. . . .

Ce confiant espoir ne sera pas déçu;
Déjà dans le lointain le Christ est aperçu,
Et Marthe, tressaillant d'une vive allégresse,
Pour lui parler d'abord sur la route s'empresse :
« Seigneur, à votre appui nous avons eu recours
« Car nous savons que Dieu vous exauce toujours ! »
Mais cette fois Jésus repousse son approche.
Pensif, il va s'asseoir sur une haute roche[3]
D'où son regard embrasse un spectacle éclatant.
A quoi donc songiez-vous, Seigneur, en cet instant?
Sur le point d'affronter les puissances maudites,
De ressaisir la vie aux ultimes limites,
Vous sentiez-vous fléchir, et loin de tous les yeux
Vouliez-vous invoquer votre Père des cieux?
Vouliez-vous, par le don des occultes magies,
Résumer le vouloir des hautes énergies.

Et recueillir votre être en un suprême effort

Pour mesurer sa force aux forces de la mort ?

Ou plutôt, pensiez-vous à cette heure prochaine

Où, portant le fardeau de la misère humaine,

Vous seriez sous le poids d'un éternel péché,

Comme aujourd'hui Lazare, au sépulcre couché ?

Quel bras surnaturel ou quelle main amie,

Disputant au néant la matière endormie,

Viendrait pour arracher, dans un exploit vainqueur,

Votre cadavre aux dents du final Disséqueur ?

. . . .

Cependant à son tour Madeleine s'avance.

Un cortège pieux l'accompagne en silence,

Et dès qu'elle aperçoit le virginal époux

Sans dire une parole elle tombe à genoux.

Et Jésus, en voyant pleurer celle qu'il aime,

Frémit dans son esprit et se trouble lui-même.

Le miracle impossible est dès lors accompli :

Pour tirer du tombeau Lazare enseveli

Le Christ, dans ce frisson de son amour intense,

Va retrouver encor cette intime puissance

Qui fit ressusciter des ténébreux enfers

La Madeleine errante aux rives des flots clairs.

III

> *La beauté, et l'amour qui en est la jouissance, fut le remède dont Jésus se servit pour guérir le monde.*
>
> ROSMINI.

Le jour est arrive du dernier sacrifice :

Il faut que ton oracle, ô Joël, s'accomplisse,

Et que le Roi des temps, martyr prédestiné,

Conquière par la mort son peuple nouveau-né.

Il faut que pour jeter le germe d'une idée

D'un sang générateur elle soit fécondée

Avant de reverdir en bourgeons éternels

Dans le cœur des humains comme sur les autels !

2.

Qu'importe un holocauste et qu'importe une vie ?

A ce banquet funèbre où l'amour la convie

Pour assouvir sa faim toujours l'Humanité

Voudra rompre avec Dieu le pain de vérité.

Toujours les grands héros succombant pour leur cause

Dans les siècles futurs auront l'apothéose

Qui les fait se dresser, géants mystérieux,

Entre la terre sombre et la clarté des cieux.

Mais atroce est l'instant de leur pâle agonie !

Lugubre vision qui dans Gethsémanie[4]

Fit tressaillir le Christ d'une étrange terreur

Vous revivez ici dans toute votre horreur.

C'est le même abandon, la même solitude.

Ses amis, où sont-ils ? Et cette multitude

Qui la veille en triomphe avait suivi ses pas,

Où s'est-elle cachée, à l'heure du trépas ?

O palmes des Hébreux, vous seriez-vous flétries

En tombant sous la faux de leurs idolâtries ?

Branches de l'Hosanna, rameaux de Bethphagé,

Sous lesquels un front pur fut un soir ombragé,

Qu'êtes-vous devenus ? Et vous, craintifs apôtres,

Allez-vous au Seigneur faillir comme les autres ?

Quoi donc ! Vous n'avez pu veiller même un instant

Avec celui qui pleure et souffre et vous attend ?

Le fils de Zébédée a fui l'ignominie ;

Judas trahit son maître et Pierre le renie,

Et le vide s'est fait à l'entour de la Croix.

De la foule d'hier ils ne sont plus que trois,

Trois types immortels d'héroïque tendresse :

La mère, le disciple et l'humble pécheresse !

C'est le Stabat d'amour. L'amour seul est debout ;

L'amour seul va veiller et vaincre jusqu'au bout ;

L'amour seul va trouver des forces inconnues,

Et quand les cieux voilés par la lourdeur des nues

S'étendront sur la terre en un sombre linceul,

Au Golgotha sanglant l'amour restera seul !

. . . .

O femme des parfums, sublime Madeleine,

Va chercher maintenant l'hysope et la verveine

Et les tiges de nard et les jeunes épis

De myrte et d'aloès; que les benjoins exquis,

Que toutes les senteurs et que tous les arômes

Qui découlent du cèdre en prolifiques baumes,

Que les encens fameux de l'antique Carmel,

Que les sucs du Liban, les lis de Jesraël,

Que chaque floraison et que chaque substance

Te donnent leurs tresors d'incorruptible essence,

Et que l'esprit subtil dans leur être enfermé

Conserve à tes ardeurs le corps du Bien-aimé!

. . . .

Mais à l'aube du jour lorsque d'un pas rapide

Madeleine accourut, le sépulcre était vide,

Et celui qu'elle avait aimé jusqu'à la fin

N'était plus endormi dans le sindon de lin [5].

Ces membres délicats, ce front si plein de charmes,

Qu'elle voulait couvrir de baisers et de larmes,

Disparus à ses yeux! Plus rien qu'un trou béant!

Plus rien que l'inconnu, l'abîme et le néant!...

Désespoir innomé dont la souleur la navre!

A son amour suprême il restait un cadavre,

Un cadavre chéri, qu'elle avait au tombeau

Placé comme un enfant dans les plis d'un berceau ;

Et voilà qu'à présent la terre violée

N'avait pas à l'amour gardé son mausolée !

Triste, elle demeurait dans le chemin battu

Quand près d'elle une voix : « Pourquoi donc pleures-tu?... »

— « Je pleure, ô chérubin, car une horde impie

« A volé le seul bien que ma tendresse épie.

« Dites-moi, dites-moi, s'il en est temps encor,

« Dans quel endroit du monde ils ont mis mon trésor,

« Et j'irai l'y chercher, et sur mon cœur avide

« Je prendrai ce fardeau ; pour lui servir d'égide,

« Pour préserver du mal son cadavre adoré,

« Contre mon front brûlant je le tiendrai serré... »

Alors la même voix lui murmura : « Marie! »

Oh! cet appel tombé d'une lèvre attendrie

En longs frémissements comme il se prolongea!

N'était-ce pas ainsi que bien souvent déjà

Pour l'attirer à soi son adorable Maître

Avait fait tressaillir les fibres de son être

Par le pressentiment d'un bonheur infini?

Et Marie, en pleurant, s'écria : « Rabboni ! »

NOTES

NOTES

1   *J'irai la retrouver au bourg de Béthanie,*
Je ressusciterai l'écho de Magdala.

On a beaucoup discuté pour savoir si la Marie de Magdala, la femme pécheresse dont parle saint Luc (ch. VII), et la Marie de Béthanie, sœur de Marthe et de Lazare, étaient la même personne. La plupart des anciens auteurs catholiques, Baronius, Raban-Maur, saint Grégoire le Grand, Alcuin, Rupert, Pierre de Blois, etc., et, de nos jours, l'abbé Faillon et Lacordaire se sont prononcés en faveur de l'unité. Les narrations synoptiques sembleraient cependant laisser entendre le contraire. Pour nous, qui dans l'épisode de la pécheresse convertie, voyons plutôt l'incarnation de la femme souillée par la faute et réhabilitée par le repentir, nous ne pouvions que nous servir de l'identité qui seule se prêtait au développement poétique et philosophique de l'idée.

2 *Déroule la splendeur de tes longs cheveux bruns.*

Les peintres des écoles italiennes et française, depuis le Corrège jusqu'à Henner, se sont plu à nous représenter la Madeleine auréolée d'une épaisse chevelure d'or. Pourquoi cette anomalie ? La race sémitique est une race brune : la Sulamite du *Cantique* dit d'elle-même : *Nigra sum*, ce qui ne peut s'entendre de la couleur de sa peau, puisque quelques versets plus loin nous trouvons : *Collum tuum sicut turris eburnea.* Le Christ devait également avoir les cheveux noirs ; c'est ainsi qu'il nous est représenté par plusieurs peintres et exégètes allemands, habitués à serrer de près la vérité historique.

3   *Pensif, il va s'asseoir sur une haute roche*
     D'où son regard découvre un spectacle éclatant.

On montre encore à Béthanie une citerne taillée dans une roche dure, appelée la citerne de Sainte-Marthe ; auprès de cette citerne se voit une pierre oblongue élevée au-dessus du reste du rocher appelée vulgairement la pierre de Béthanie. Cette pierre est en vénération parce que, d'après la tradition ancienne, Jésus s'y était assis. Elle est assez dure et mêlée de blanc et de noir. Autour de cette pierre on voyait autrefois des traces de fondations ; c'étaient sans doute les restes de quelque chapelle élevée par la piété des fidèles en mémoire de la station que le Seigneur fit en ce lieu. (Faillon, *Comm. sur la vie de Madeleine,* par Raban-Maur)

« Du mont des Oliviers, en face du mont Moria, dit M. Renan (*Vie de Jésus*), se déroulait la splendide perspective des terrasses du temple et de ses toits couverts de lames étincelantes. Cette vue frappait d'admiration les étrangers ; au lever du soleil surtout, la montagne sacrée éblouissait les yeux et paraissait comme une masse de neige et d'or. »

4   *Lugubre vision qui dans Gethsémanie*
     Fit tressaillir le Christ d'une étrange terreur.

On doit écrire *Gethsemani* ; pourtant quelques auteurs (notamment A. Dufour, dans son atlas pour servir à l'histoire de Rohrbacher) préfèrent l'orthographe que nous nous sommes cru autorisé à employer. Le mot de *Gethsemani* signifie pressoir d'huile, parce qu'il se trouvait dans ce jardin un pressoir pour écraser les olives au temps de la récolte. Ce jardin est actuellement confié aux soins des Pères franciscains qui l'ont entouré de grands murs et y ont planté à profusion la fleur dite de la Passion, la rose, le romarin et le *Graphalium sanguineum* ou goutte-de-sang, qu'une gracieuse légende fait naître de la sueur sanglante de Jésus. Mais le principal ornement de ce précieux enclos consiste dans huit oliviers énormes, aux troncs noueux, au rare feuillage, que des connaisseurs font remonter jusqu'à deux mille ans. (V. Strauss, *Sinaï, Golgotha*, 8e édit.)

5   *Et celui qu'elle avait aimé jusqu'à la fin*
     N'était plus endormi dans le sindon de lin.

Le *sindon* était un grand linceul dans lequel on enveloppait les morts. Il y avait aussi les bandelettes dont chaque membre était entouré à part. Les Israélites avaient, comme les Égyptiens et tous les peuples de l'antiquité, leurs coutumes funéraires spéciales. (L'abbé Fillion, *Comm. in Joan.*

6   *Et Marie, en pleurant, s'écria : « Rabboni! »*

C'est-à-dire : Maître. *Rabboni* est un augmentatif de *Rab*, *Rabbi*, titres que les Juifs donnaient à leurs docteurs et que l'on retrouve dans le mot *Rabbin* et dans l'appellation de *Rebb*, que les Israélites de plusieurs contrées assignent à ceux de leurs coreligionnaires qui font preuve d'une certaine connaissance dans le Talmud.

Le nom syriaque *Rabboni*, d'après Cerninius, *lib. de Nomin hebr. c. 6*, a une signification plus auguste et plus aimante que celui de *Rab*, ou *Rabbi*.

Cette distinction philologique fait saisir le sentiment de novation que Marie Madeleine éprouva et qui fit qu'elle n'appela plus Jésus dans sa gloire *Rabbi*, nom dont elle se servait auparavant.

Paris. — Typ. G. Chamerot, 19, rue des Saints-Pères.

LIBRAIRIE PAUL OLLENDORFF

28 *bis*, rue de Richelieu, PARIS

ADAM (F.-E.). — **Par les bois,** poésies, notes intimes, études et paysages.
  1 vol. grand in-18 . . . . 3 »

AICARD (Jean). — **La Comédie-Française a Alexandre Dumas,**
  a-propos en vers dit à la Comédie-Française par M. Delaunay, le jour de l'inau-
  guration de la statue d'Alexandre Dumas sur la place Malesherbes. In-16. » 50
  Quelques exemplaires numérotés sur papier de Hollande, 2 fr.

AICARD (Jean). — **Le Dieu dans l'Homme,** 1 vol. grand in-18. . . 3 50

AICARD (Jean). — **Lamartine,** poème, premier prix du Concours de poésie de
  l'Académie Française, lu par l'auteur dans la séance publique annuelle de
  l'Académie Française, le 15 novembre 1883. In-16. . . . . 1 »
  Quelques exemplaires sur papier de Hollande, 2 fr.

AICARD (Jean). — **Miette et Noré.** 1 vol. grand in-18. . . . . 3 50

AICARD (Jean). — **Au Bord du Désert.** 1 vol. grand in-18, . . . 3 50

ALEXANDRE (André). — **Le Sonneur de Biniou. — Rêveries et
  Chansons.** 1 vol. in-18. . . . . 3 »

BALLOT (Marcel). — **A Lamartine,** poésie couronnée par l'Académie Française. In-18, papier teinté. . . . . 1 »

BERTHEROY (Jean). — **Vibrations,** poésies. 1 vol. in-18 . . . 3 50

BOYER (Georges). — **Hérode,** poème lyrique, musique de William Chaumet,
  ouvrage couronné par l'Institut (concours Rossini, 1883). In-18. . . 1 »

BOYER (Georges). — **Paroles sans musique** avec une lettre d'Auguste
  Vitu. 1 vol. grand in-18 . . . . 3 50

CHAUVIGNY (Louis de). — **Amours défunts.** 3 50

CHAUVIGNY (Louis de). — **Sac au dos,** poésies. 1 volume in-18, papier
  teinté 3 50

DELAIR (Paul). — **Les Contes d'à-présent,** avec une lettre de Coquelin
  aîné de la Comédie-Française, sur la *Poésie dite en public et l'Art de la dire.*
  Nouvelle édition revue et augmentée. 1 vol. grand in-18 . . . . . . 3 50
  Quelques exemplaires sur papier de Hollande. 8 fr.
  — de Chine. 12 fr.

DELPIT (Albert). — **Les Dieux qu'on brise.** 1 vol. in-18. . . 3 »

GOUDEAU (Émile). — **Fleurs de bitume,** petits poèmes parisiens. 1 vol.
  grand in-18 . . . . 3 50

GOUDEAU (Émile). — **Poèmes ironiques.** 1 vol. grand in-18. . . 3 50

GUIARD (Émile). — **A Chevreul,** stances dites par M. Albert Lambert, au
  théâtre national de l'Odéon, à l'occasion du centenaire de M. Chevreul, le
  30 août 1886. . . . . 1 »

GUIARD (Émile). — **Livingstone,** poésie couronnée par l'Académie française.
  1 vol. in-18. . . . . 1 »
  Sur papier de Hollande. 2 fr.

HAREL (Paul). — **Gousses d'ail et fleurs de serpolet.** 1 vol. in-18. 3 »

HERMANT (Abel). — **Les Mépris.** 1 vol. in-18. . . . . 3 »

HERVIEU. — **Les Déclassées,** poésies. 1 vol. in-18 . . . . . . 3 »

RAMEAU (Jean). — **La Chanson des Etoiles,** poésies. 1 vol. in-18. 3 50

ROLLOT (Hippolyte). — **Les Chants de la vie,** poésies. 1 vol. in-18 . 3 50

Paris. — Typ. G. Chamerot, 19, rue des Saints-Pères. — 23509